おれから もうひとりのぼくへ

相川郁恵 作

佐藤真紀子 絵

一　なんか変《へん》？

やっベー、もうこんな時間だ。

翔平《しょうへい》とまさとは、もう、運動公園に着いてるだろうな。早く行かなくちゃ。

あ、でも、母ちゃんが作ったこのドーナツ、激《げき》ウマ！　表面サクッ、中フワッで、そこらへんのお店で売ってるものには、まちがいなく勝ってる。

「母ちゃん、ドーナツ、おれの分、こんだけ？」

「あんたの分は三個《こ》よ。あとの三個は、お姉ちゃんに残《のこ》しておいて」

パソコンのキーボードを打っていた母ちゃんが、大声で返事をした。

母ちゃんは、リビングにパソコンデスクと本だなをおいて、自分の仕事スペースにしている。観光案内《あんない》とか、おいしいお店紹介《しょうかい》とかを地元の雑誌《ざっし》にたのまれて書いているらしい。

おれは、ドーナツをゆっくり味わいながら、冷蔵庫から牛乳を出して飲んだ。

この牛乳は、父ちゃんの知り合いの酪農家《らくのうか》さんから買っている。これがまた、コクがあって、ホンモノの味だ。

うまい時間は、最高だ。

あーっ、いっけね。まじ、遅《おそ》すぎ。

「いってきます！」

おれは、サッカーボールを持ち、玄関《げんかん》を出ると、自転車に飛び乗った。

待ちあわせ場所の運動公園までは、五分で行ける。

勢いよくペダルをふんだ。

そのとき！

とつぜん、目の前に一台の自転車が現《あらわ》れた。

「わわっ！」

ぶつかる！

その自転車に乗っていた、おれと同じくらいの男の子も、同じように大きく口を開けて、さけんだように見えた。

でも、つぎの瞬間《しゅんかん》。

おれは自転車にまたがったまま、ひとりで、つっ立っていたんだ。

だれとも、ぶつからなかった。
横をすり抜《ぬ》けていった人も、いなかった。
なんだ……今の。
消えた、ってこと？
そういえば、あの子、おれにそっくりじゃなかったか？
いやいやいや、そんなこと。
ないか、ないな、ないよな。
もしかしたら、まぼろし？
おれ、まぼろしを見たのか？
あっ、いっけね。
そんなことより、運動公園！

いそがなきゃ。

おれは、自転車をすっ飛ばして運動公園までやってきた。

なのに……翔平《しょうへい》とまさとがいなかった。

あのふたりが、おれより遅《おそ》く来るなんてことは、今まで一度だってない。

しばらく、待つことにした。

サッカー広場から少し離《はな》れたサイクル広場で、四、五人の低学年の子たちが一輪車の練習をしている。

おれは、リフティングしたり、ボールをけったりしていたが、ひとりではおもしろくもなんともない。

ほかにやることもないので、一輪車を練習する子たちをボーッと見ていた。

そのうち、空がオレンジ色に
そまってきた。夕やけだ。
「もう帰ろうよ」
「うん、かーえろ、かえろ」

低学年の子たちがそういいながら、帰りじたくを始めている。
ふたりは、まだ来ない。
これは、おかしい。
あのふたりは、約束《やくそく》をやぶるなんてことも、ありえないんだ。
なにかあったのか？
おれは、急に心配になってきた。
交通事故《じこ》で病院に運ばれたとか？
いやいや、そんなこと、あっちゃこまる。
これは、確《たし》かめるしかない。
いやな予感に胸《むね》をドキドキさせながら、おれは翔平《しょうへい》の家まで自転車を走らせた。

ところが、なんと――。

いたんだ。ふたりが翔平《しょうへい》の家の庭先に。

「え？　なんでいんの？」

おれは思わず聞いた。

「え？　なんで来たの？」

翔平が、びっくりした顔で聞いた。

「は？　運動公園で遊ぼうって
約束《やくそく》したじゃん。おまえらが来ないから、

おれ、むかえにきたんだよ」

「え！　まさとくん、約束したの？」

「してないよ、翔平くんしたの？」

「は？　なにいってんだよ。ふたりとも約束したじゃん」

思わず大声になって話していたら、翔平のお母さんが玄関《げんかん》先まで出てきた。

「まあ、智《さとし》くんが遊びにくるなんて、めずらしいこと。せっかく来てくれたんだもの。三人で遊べばいいじゃない。中へどうぞ」

そういわれて、翔平はしぶしぶおれを家の中にさそった。

それはいいんだけど、翔平とまさとの態度がおかしい。いっしょにゲームをしていても、ふたりは、なんだかこまったような顔をしていた。

おれをチラチラ横目で見ながら、目くばせなんてしている。

それに、翔平《しょうへい》はさっきから何度もメガネをずりあげているし、まさとは短い髪《かみ》の毛をくり返し引っぱっている。

これは、ふたりが落ちつかないときのクセなんだ。

「おれ、今日はもう帰るよ」

そういったとき、ふたりは、まちがいなくホッとした顔になった。

なんだよー。おれ、じゃまものみたいじゃないか。歓迎《かんげい》されていなかったっていうか。

もう……落ちこんじゃいそうだよ。

おれたち三人、親友じゃなかったのか?

「ただいまー」

すっかりへこんで家まで帰ってきたおれは、玄関《げんかん》に出てきた人を見て、かたまった。

だれ？　この人。

母ちゃんにそっくりだけど……母ちゃんじゃない……ような……気がする。

だって、スカートをはいてる！

母ちゃんがスカートをはいてる姿《すがた》なんか、おれの小学校の入学式のとき、見たっきりだ。

髪の毛だって、さっきまで、後ろでギュッとひとつにしばってたじゃないか。

なのに、目の前の母ちゃんは、カールのかかった髪《かみ》を、フワッと肩《かた》にたらしていた。

「母ちゃん？　出かけんの？」

おれが不思議そうに聞くと、母ちゃんは目をまんまるにして、こういったんだ。

「まあ！　智《さとし》ちゃん、今、なんて」

「げっ、智ちゃんって、なに？　キモイよ」

「ま、まあ、智ちゃん。いったい……」

母ちゃんは、つぎのことばが出てこないようで、口をパクパクさせた。

おれたちは、おたがいを観察《かんさつ》するようにしばらく見つめあっていたが、やがて、母ちゃんが口を開いた。

「智ちゃん、なにかあったの？　少しようすが変《へん》だわね。ぐあいでも悪いの？」

どうやら、おれのことを心配してくれているみたいだ。

やっぱり、本物の母ちゃんなのか？

ひょっとしたら、気分転換《てんかん》で、おしゃれしてみただけとか？

そうかもしれない。服と髪型《かみがた》と雰囲気《ふんいき》はちがうけど、顔はまちがいなく母ちゃんなんだ。

「智《さとし》ちゃん、もしかして、お友だちのところに遊びにいってたの？」

母ちゃんが、聞いてきた。とても意外そうな顔をしている。

「そうだよ。翔平《しょうへい》とまさとと約束《やくそく》してたから。だけど……なんか、あいつら、変《へん》だった」

すると、母ちゃんは、今度は何度もうなずいた。

「ああ、そうなの。そうだったのね。お友だちでも、そういうときはあるわよ。もうすぐ夕ごはんにしますからね。宿題、今のうちにやってしまいなさい」

なんで納得してんだよ。納得するとこじゃないだろ。それに、今まで聞いたこともないようなやさしい声出してさ。

ま、いいや。夕ごはんまで部屋でゲームしてよっと。

二階《かい》の自分の部屋に向かいながら、おれは翔平とまさとの態度を思い出していた。

翔平は翔平だったし、まさとはまさとだったよなあ。だけど、いつものふたりじゃない。なにかが、びみょうにちがった。

おれのこと、怒《おこ》ってるのか？

自分では気づいてないけど、おれ、なんかひどいこと、やったのかな？

混乱《こんらん》しながら、自分の部屋のドアを開けたおれは、またまた、かたまった。

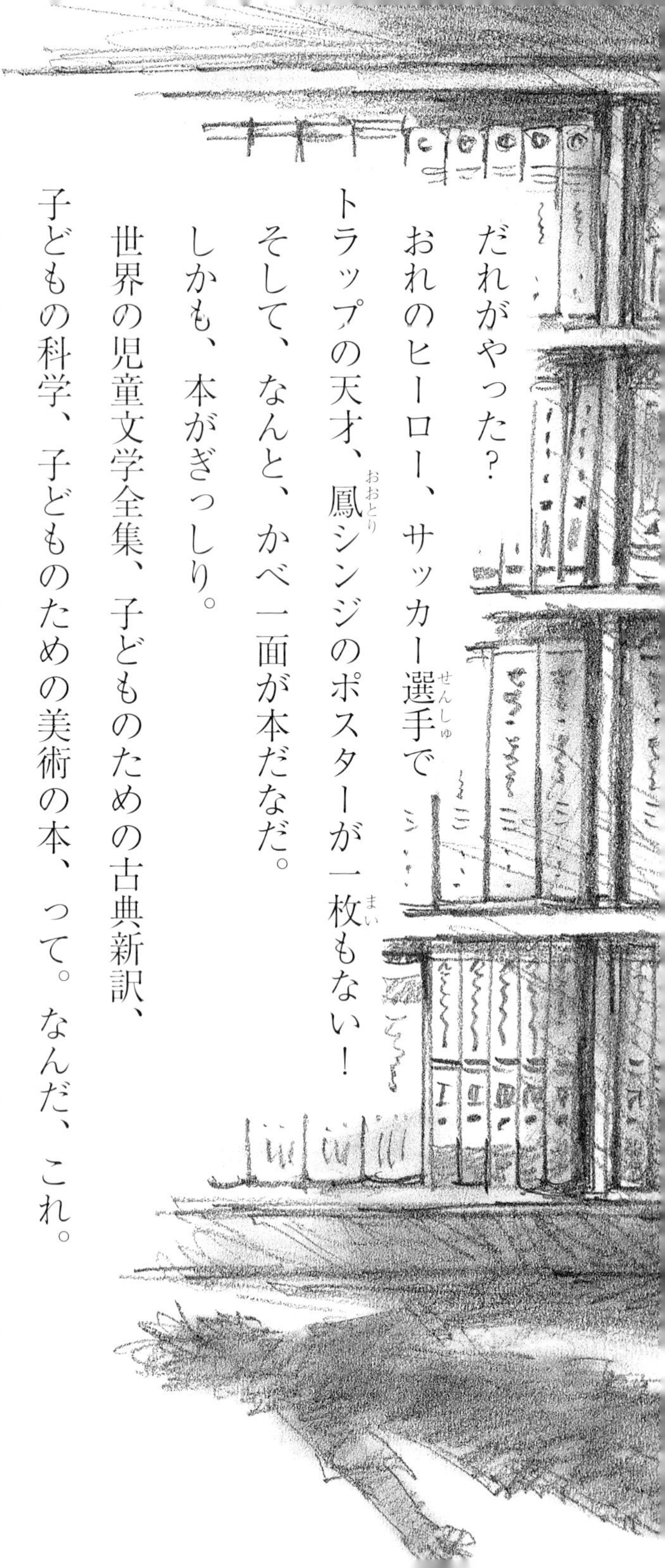

だれがやった？

おれのヒーロー、サッカー選手《せんしゅ》でトラップの天才、鳳《おおとり》シンジのポスターが一枚《まい》もない！

そして、なんと、かべ一面が本だなだ。

しかも、本がぎっしり。

世界の児童文学全集、子どものための古典新訳、子どもの科学、子どものための美術の本、って。なんだ、これ。

今まで見たこともない、あるってことすらも知らなかったような本ばかりじゃないか。

おまけに、マンガが一冊《さつ》もない！

「母ちゃん！　おれの部屋いじったのだれだよ。シンジのポスター、どこやったんだ！」

キッチンにいる母ちゃんのところに走っていくと、大声でさけんだ。

「シンジのポスターって、なんのこと？」

母ちゃんは、とまどった顔をした。

「サッカー選手の鳳シンジのポスターだよ！　おれの部屋に、いっぱいはってあったじゃないか」

「智《さとし》ちゃん、あなたの部屋はあなたのお城だから、自由にしていい、といってあるでしょ。模様《もよう》がえなんか、お母さんはしませんよ」

「だって、シンジのポスターが……。あ、それなら、姉ちゃんか？」

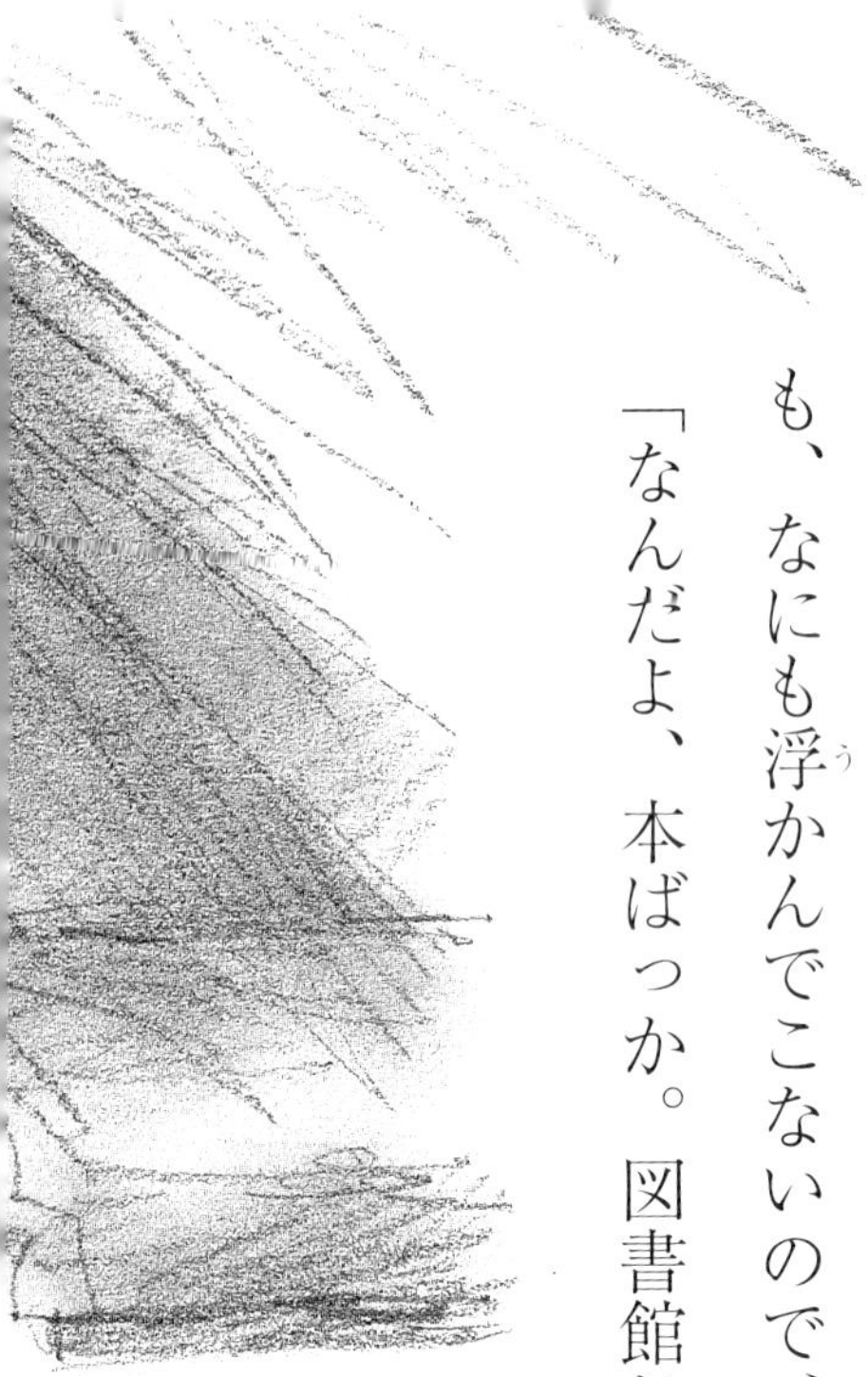

中一の姉ちゃんも、シンジのファンだ。

「真央《まお》ちゃんがそんなこと、するはずないでしょ。智《さとし》ちゃん、いいかげんにしなさい！」

母ちゃんはそういうと、夕ごはんのしたくにもどった。ほんとに知らないらしい。

それなら、おれのシンジ、どこに行っちゃったんだろう。考えてみても、なにも浮《う》かんでこないので、しかたなく自分の部屋にもどった。

「なんだよ、本ばっか。図書館じゃねーし。大地震《だいじしん》がきたら、おれは百パー、本だなの下じきだな」

ブツブツいいながら部屋を見まわすと、机《つくえ》の上に教科書が出してあった。

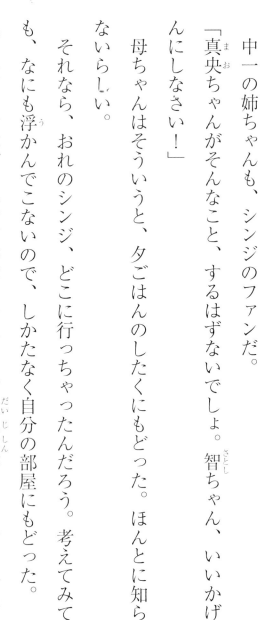

見ると、大岡智《おおおか》と名前が書いてある。

おれの名前で、おれの字だ。

ずいぶんていねいに書いてあるけど、おれの字にまちがいない。

ここは、確《たし》かに大岡智の部屋で、これは大岡智の机なんだ。おれの部屋、ってことなんだよな。

なのに……なんだ、この違和感《いわかん》。

おれ、どうかしちゃったのかな？

事故《じこ》にでもあって、記憶《きおく》がなくなってしまったのかと思うくらい、ちぐはぐで落ちつかない。

「智《さとし》ちゃん、ごはんですよ」

母ちゃんの声が聞こえた。

うん。聞きなれたいつもの声だ。

でも、呼《よ》び方がきどってるんだよな。

いつもなら、

「サトシー、ごはんよー」

って、大声で呼ぶとこだ。

ダイニングに下りていくと、父ちゃんと姉ちゃんは、もうすでに席に座っていた。

ふたりが、心配そうな顔でおれを見ている。

おれのようすが変《へん》だと、母ちゃんがいったにちがいない。

「なんだ、元気そうじゃないか」

父ちゃんが、安心したような顔をした。

「なんだよ、あったりまえじゃん」

おれが答えると、父ちゃんはポカンと口を開け、一瞬《いっしゅん》、動きが止まった。

「お、おお、そうだな。それはよろしいな」

取りつくろうようにいったことばがおかしくて、おれはふき出した。

「よろしいな、って、ウケる」

「おお、そうか。ウケたか」

父ちゃんも笑《わら》った。

「智ちゃん、いつもとちがうけど、この感じも悪くないんじゃない」

姉ちゃんが、ありえないようなやさしい声を出した。

「なに、その声。姉ちゃん、キモイ」

「ね、ねえちゃん？」

姉ちゃんは、驚《おどろ》いたように口を両手でおおった。

「なんだよ。姉ちゃんは姉ちゃんだろ」

姉ちゃんまで、変《へん》なのか？

「ふふ、智《さとし》ちゃん、ホントおもしろい」

姉ちゃんは、おかしそうにクスクス笑《わら》いはじめた。

「姉ちゃんも、オモシロイ」

おれも、姉ちゃんのいい方をまねして、いい返してやった。

「やだあ、智ちゃん、サイコー」

姉ちゃんは、大ウケで手をたたいて喜んだ。

父ちゃんも母ちゃんも、安心したようにいっしょに笑《わら》っている。

ん？　いつもっぽい？　三人とも、いつもこんなもん……だったっけ？

おれの呼《よ》び方を、智《さとし》ちゃん、にしているのは、母ちゃんと姉ちゃんが、なにかたくらんでるからかもしれない。

まあ、どっちでもいいや。サトシでも、智ちゃんでも。好きなように呼んでくれ。

「今日は、智ちゃんの大好きなステーキにしたのよ」

「えーっ！　誕生日《たんじょうび》でもないのに？」

母ちゃんとおれの会話を聞いて、父ちゃんと姉ちゃんは、ふき出した。

母ちゃんがステーキを運んできた。

「すげっ！　本物の鉄板じゃん！　あ、あ、ジュージューいい音がしてる。焼きかげんもちょうどよさそー」

みんなが笑ってるのはわかっていたけど、おれは、もうたまらずに、肉を切りわけ、かぶりついた。

「うまい！　やっぱ、肉のかたまりっていいよね。かんだ瞬間《しゅんかん》に肉汁《にくじゅう》がジュワーッと広がるこのときが、最高なんだよ」

そういうと、みんなが、またまた大ウケしている。

おもしろいことなんか、なにもいっていないんだけど。まあいいや。肉、うまいから。

食べながら聞いてみたけど、シンジのポスターのことは、だれも知らなかった。

じゃあ、いったいだれが、どこへやってしまったのか、不思議だ。

でも、父ちゃんと母ちゃんが、あちこちでさがしてくれる、といった。売っていれば、買ってくれるともいった。

姉ちゃんも、友だちに聞いてみてくれるそうだ。うまくいけば、もらえるって。

「姉ちゃんの部屋のシンジもくれる？」

「わたし、シンジのファンじゃないもん。ポスターなんか持ってないわよ。わたしが、ヤスのファンだって知らないの？」

姉ちゃんは、いつの間にか、シブい好みに変《か》わっていた。確《たし》かに、ぺナルティキックの名手、遊馬《あすま》ヤスヒトは、いいよな。

「智《さとし》が、シンジを好きだったとはなあ」

父ちゃんが、意外なようにいったのは気になったけど、まあ、いいや。

シンジさえ、もどってくれば。

「あ、そうだ。おれの部屋のあのたくさんの本、どうすんの？　だれが読むの？」

「なんですか。智ちゃんが読みたいっていうから、ぜんぶ買ってあげたんじゃないの」

母ちゃんが、あきれたように答えた。

おれが、そんなことをいったって？

えー、いつだよ。

二　四年三組

つぎの日は水曜日だった。

おれはふつうに、登校班《はん》で学校に行った。

いつものことだけど、うちの登校班は、もくもくと歩く。だれもしゃべらない。

確《たし》かに、そのほうが安全ではあるんだな。

無事に学校に着き、四年三組の教室に向かった。おれのクラスだ。

翔平《しょうへい》とまさとをさがすと、もう席についていた。いつも先生が来るまで騒《さわ》いでいるのに、めずらしいこともあるもんだ。

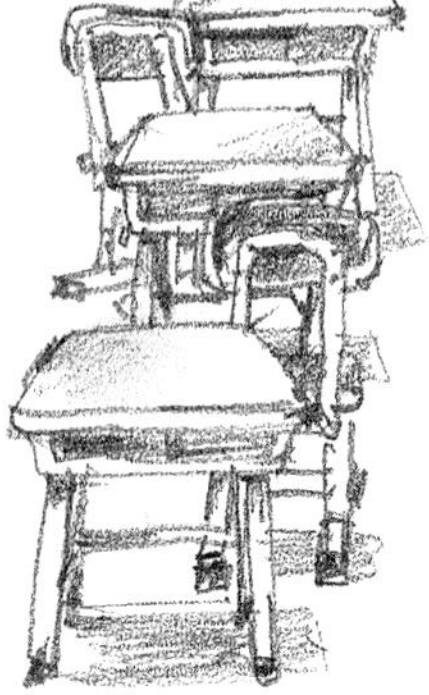

おれの席は翔平の後ろ、まさとの横だ。

「おっはよー」

大きな声でふたりにあいさつをして、自分の席に座った。

「お、おはよう」

ふたりとも、ドギマギしながら返事をしたが、やたら、まわりを気にしている。

「なんだよ、宿題やってこなかったのか？」

「い、いや。智《さとし》くん、なんか、元気だね」

翔平がいうと、

「そうだよ。昨日《きのう》だって、急に翔平くんの家に遊びにくるしさ」

まさとも、小さな声でおれにいった。

「は？　急にってなんだよ。いつもいっしょに遊んでんじゃん。昨日《きのう》だって約束《やくそく》してただろ。なのに――」

大声でもんくをいうと、翔平《しょうへい》とまさとは、あわてて、おれの腕《うで》をつかんだ。

「しっ。大きな声出しちゃだめ。あつしくんが来るよ」

へ？　あつしが来る？　なんで？

「だれが騒《さわ》いでんのかと思えば、智《さとし》か。どうしたんだよ。メーアイヘルピュー？」

大きな声でいいながら、あつしが浩一《こういち》と亮太《りょうた》を引きつれてやってきた。

柔道《じゅうどう》をやっているあつしは体がでかい。

中学生にまちがえられることはしょっちゅうで、めいわくしているようだ。

そして『気はやさしくて力持ち』というのは、あつしのためにあることばだと思うくらい、やさしいやつだ。

そのあつしが、今日は、獲物《えもの》を見つけたオオカミみたいな目をしていた。

「あつし、おまえこそ、今日はいつもとキャラがちがうじゃん。どうしたんだよ」

そういうと、あつしは首をかしげた。

「あーん？　おれのキャラがちがう？　智、おまえ、熱でもあんのか」

「熱なんかねーよ。なんだよ、あつし。おまえ、はっきりいって、感じ悪いぞ」

頭にきて立ち上がると、あつしたちは驚《おどろ》いて、一歩、後ずさった。

でも、立ち上がると、身長の差がはっきり
わかって、おれはちょっとビビった。
浩一《こういち》も亮太《りょうた》も、身長は中学生なみだ。
亮太はスリムだけど、浩一は体つきが
ガッチリしていて、黒ぶちのメガネを
かけているから、高校生に
見えるときすらある。

クラスのみんなが、こっそり
おれたちを見ているのがわかった。
感じワル――。

なんだよ、まるで、
イジメのあるクラス
みたいじゃないか。
そのとき、久美《くみ》がそっと
立ち上がった。
「あのぉ、静かにしてください」
へっ？
いつもなにもいわない久美が、
注意した？
久美はクラス委員長《いいんちょう》だけど、立ち上がって
注意する姿《すがた》なんか、一度も見たことがない。

もっとも、ふだんは先生が来るまで、みんながワアワア騒《さわ》いでいるんだけど。

先生が教室に入ってくるのと同時に、ピタッと沈黙《ちんもく》、というのが、いつものおれたち流。

今日は、めちゃくちゃしーんとしてんのに、さらに静かにしろって、どうなってるんだか。

「そこの三人、席についてください」

小さな声で注意する久美《くみ》の指《ゆび》は、あつしたちに向けられていた。

「あつしくん、そろそろ、先生が来るから」

浩一《こういち》と亮太《りょうた》が、あつしにささやいて、両側からそっと背中《せなか》を押《お》している。

なんだ、こいつら。従者《じゅうしゃ》か。

「おう、そうだな。智《さとし》、シーユーレイター」

あつしはそういうと、席にもどっていった。

「なんだよ。シーユーレイター、って」

おれの頭の中は、？マークでいっぱいになっていた。

あつしも浩一も亮太も、いつもはとてもおだやかな、やさしいキャラだ。反対に、翔平《しょうへい》とまさとはおふざけキャラ。おれと三人で、クラスのもり上げ役、といったところだ。

おとなしい子も、やんちゃな子もいるけど、うちのクラスにはイジメがない。それが、おれたちの自慢《じまん》だったんじゃないか。

それなのに、なんだろな、この感じ。

あつしが悪ボスで、浩一と亮太が手下、の雰囲気《ふんいき》がある。

翔平《しょうへい》も、まさとも、ほかのやつらも、できるだけ目立たないよう、息《いき》をひそめているように見える。

おっかしいな。昨日《きのう》まで、こんなクラスじゃなかったのに。

そして、クラス委員長《いいんちょう》の久美《くみ》。

成績優秀《ゆうしゅう》なんだけど、とても恥《は》ずかしがりやで、ひとに注意する姿《すがた》なんか、これまでは見たことなかったよなぁ。

おかしい。

だれもかれも、感じがちょっとずつちがう。

あつしは放課後になって、またやってきた。

「おい、智《さとし》。クラス委員長の久美ちゃんをこまらせるんじゃないぞ。授業の前は、しぃーずかーに先生を待っているのが、このクラスの決まり、だかんな。いつもどおり、しぃーずかーにしてろよ」

あつしは、またしても浩一《こういち》と亮太《りょうた》を従《したが》えていた。三人とも体が大きいから、こんなふうにすごまれると威圧感《いあつかん》がある。

「べつにこまらせてないじゃん」

おれは、ちょっとムカついていった。

「でも、智、わかったよな」

浩一が、おれとあつしの間に入ってきた。

「あつしくん、智もわかったようだし」

浩一はそういうと、亮太とふたりであつしの背中《せなか》を押《お》しながら、席にもどろうとした。

「シーユーレイターって、なんのことだよ」

おれが聞くと、

「ああ。あとでな、って意味の英語だよ」

亮太《りょうた》がふり返って答えた。

なんだよ。変《へん》なところで英語を使うから、わかりにくいったらないじゃないか。

あつし、昨日《きのう》まではふつうにしゃべっていたのにな。どうしてこんな話し方になったんだろう？

教室には、翔平《しょうへい》とまさとがまだ残《のこ》っていた。やっぱり、おれたち三人は親友だから、心配してくれていたにちがいない。おれは、ちょっとう

れしくなって近づいていった。

「今日、遊べる?」

翔平とまさとに聞いた。

「え? また?」

翔平が、こまったような顔をしたので、

「じゃ、うちに来る?」

そういうと、ふたりは驚《おどろ》いたように顔を見あわせた。

いつものことだろ。なに驚いてんだよ。

「じゃあ、ぼく、行ってみようかな」

まさとが興味をしめすと、

「それなら、ぼくも行ってみようかな」

翔平《しょうへい》も乗ってきた。

「よし、決まり！」

うれしくなって大声を出したら、ふたりは、あわてて人さし指《ゆび》を口にあてた。

なんだよ。このクラスでは、いつもコソコソ話さなきゃいけないのか？

ちょっと目立つと、また、あつしが来て、ちょっかい出すのか？

そういえば、あつしたちはまだ教室にいる。

まるで、みんなが帰るまで見張っているみたいだ。

なんなんだよ、いったい。

三　翔平とまさと

玄関《げんかん》のチャイムがなって飛び出すと、翔平とまさとが、ならんで立っていた。

「なんだ、遅《おそ》かったじゃん。上がれよ」

そういったあと、おれがキッチンに行こうとしたら、ふたりともついてきた。

「先に部屋に行ってろよ」

「え？　だって、智《さとし》くんの部屋、知らない」

ふたりは、モジモジしている。

え？　おぼえてないの？

「母ちゃん、おやつ三人分ね」

おれは、いそいで母ちゃんにたのむと、ふたりをつれて二階《かい》に上がった。

「智《さとし》くん、すごい量の本だね。ほんとに読書が好きなんだな。これ、ぜんぶ読んだの？」

部屋に入るなり、翔平《しょうへい》が、本だなをながめながら聞いてきた。

「おれが？　読むわけないじゃん」

即座《そくざ》に否定《ひてい》した。

「そういえば、今日は図書室に行かないで、ずっと教室にいたけど、めずらしいよね」

おれの返事が聞こえていないかのように、まさとがいった。

「は？　おれは、読書週間のときしか図書室に行かないって、ふたりとも知ってるじゃん」

「え？　なにいってるの？　休み時間は、かならず図書室に行くじゃないか」

「そう。いつも図書室だよね」

翔平とまさとが、口をそろえた。

おかしい。

どうも、話がかみあっていない。

昨日《きのう》ふたりに会ったときからそうだ。

なにか変《へん》だと、ずっと思っていた。

やっぱり、ほんとうに変なのかもしれない。

思いきってふたりに聞いた。

「おれさ、翔平《しょうへい》とまさとと、親友だよな？」

「えっ……クラスメートだけど、親友といえるほどじゃないんじゃないの」

翔平が気まずそうに答えた。まさとも横でうんうん、とうなずいている。

「だって、学校ではいつもいっしょだし、下校したあとだって、毎日遊んでるじゃん」

「え！ 遊んだのは、昨日《きのう》がはじめてだよ」

翔平が、驚《おどろ》いた声を出した。

「そう、翔平くんの家まで来たからびっくりしたんだ」

まさとも、あいづちをうった。

「うちには、何度も遊びに来てるよね？」

「いや、今日がはじめてだよ」

「そうだよ。だから、少し迷っちゃって、遅《おそ》くなったんだ」

ふたりが答えるのと同時に、ドアをノックする音がして、母ちゃんが入ってきた。

「今日は、智《さとし》ちゃんの好きなシフォンケーキを焼いたのよ。三人で食べてね」

りんごジュースとケーキを、三人分おいた母ちゃんは、ニコニコしながら出ていった。

おれの好きなシフォンケーキ？

母ちゃんが作ったシフォンケーキなんて、一度も食べたことないぞ。それに、友だちの分はともかく、おやつの飲み物は牛乳に決まってるじゃないか。おれ、牛乳大好きなんだから。

急にだまったおれを見ていたまさとが、心配そうに聞いてきた。

「どうかしたの？」

「……なんか変《へん》なんだ。おぼえていないことが多くて」

翔平《しょうへい》が、やっぱり、という顔をしていった。

「そうなんだよ。智《さとし》くん、今までの智くんと、感じがまったくちがうんだよね」

まさとも、身を乗り出して続けた。

「自分のこと、おれ、っていうし。あ、今まで、智《さとし》くんは、ぼく、って
いってたんだ」
「それに、ずいぶん活発になった。今までは、ぼくたちよりも目立たな
いくらいだったんだよ。休み時間も、だれとも遊ばないし」
翔平《しょうへい》がいうと、
「そうだよ。今日なんか、あつしくんとも平気で話してるから、びっく
りしたよ。なにかあったの？」
まさとが、興味しんしんの顔で聞いてきた。
「なにかって、なんだよ」
「たとえば、智くんに心境の変化《へんか》を起こさせるような、なにかが起きた
とか」

翔平のかしこそうな目が、メガネの奥《おく》からおれをのぞきこんだ。

いやいや、やっぱ、おかしい。

おれの知っている翔平は、こんな落ちついた、頭のよさそうな話し方はしないんだ。

だって、翔平は、クラスいちばんのお調子者っていわれてるアホなやつなんだから。

「あ！　もしかしたら……パラレルワールド？　いや……まさかそんなことが……。でも可能性《かのうせい》はあるかもしれない。前に読んだ本で、ぼくたちのいる世界とそっくりな世界がいくつかある、というのがあったんだ。それがなにかのはずみで交わることもあるって」

そういったのは、まさとだ。

まさとが、本を読むなんて！
これも、ぜったいありえない。
だって、読書週間に『世界の列車』
なんていう、絵本をかりてきたやつだ。
文字の数がいちばん少なかったから、
という理由《りゆう》だった。おれは思わず大声を出した。
「おれたちの世界とそっくりな世界って、なんだよ。
パラなんとかって、そんなの、わかんねーよ」
それに、そんなことをいってるやつが、よりによって、

まさとだなんて。

　おれ、頭がおかしくなりそうだよ。

　文字がならんでいるのを見ると、頭痛がする、っていうまさとしか、おれは知らない。

「ぼくたちのいる世界が、平行線のように少しずつずれて、同じようだけど、少しずつちがう世界が、いくつもある可能性《かのうせい》があると、その本には書いてあったんだ。ほんとかどうか、わからないけどね」

　まさとが、パラなんとかの説明《せつめい》をしてくれた。

「おれは、その、ずれた世界に来ちゃったっていいたいのか？」

　力なくそうつぶやいた。

昨日《きのう》からのことを思い出してみると、そう思えなくもない。翔平《しょうへい》もまさとも、おれの知っているふたりじゃない。

まさとがいうように、おれは、なにかのはずみでちがう世界に来てしまったのだろうか?

こんなことが自分に起きるなんて……考えたことすらなかった。

窓《まど》の外を見ると、庭の柿《かき》の木の葉っぱが風にゆれていた。

テニスボールくらいの柿の実が、葉っぱのかげから黄色っぽい顔をのぞかせている。いつもどおりの景色《けしき》だ。

もう少し寒くなってくると、柿の実の色はだんだん濃《こ》くなり、おいしそうなだいだい色に変《か》わってくる。

そして、毎日食べても、食べきれないほど、たくさん実るんだ。

庭の景色は、なにも変わっていない。

だけど……。

おれが今いるのは……おれがいた世界じゃないんだ。

そう思ったとたん、頭の中がまっ白になった。

どうしよう。

おれ、どうなるんだ？

もう、もとにもどれないってことか？

いやだ！　いやだ、いやだ。そんなのいやだよ。

どうしたらいいんだ？

「ぼくたちが知っている智《さとし》くんと、きみは、性格があまりにもちがうんだよ。外見はまったく同じなんだけどね」

そういって、まさとがおれを見た。

でも、おまえだれだよ、なんて顔はしていなかった。心配してくれているんだ。

おれは、ちょっとだけ安心した。

「昨日《きのう》、学校では、今までどおりの智くんだったよ。だから、なにかあったとしたら、きっと、そのあとだね。学校を出てから、うちに来るまでの間にあったこと、ぜんぶ思い出してみたらいいんじゃないかな」

翔平《しょうへい》は、昨日のことを、いっしょうけんめい思い出しながら、そういった。

翔平もいいやつだ。いっしょに考えようとしてくれている。

おれ、ほんと、うれしいよ。

よし、がんばって、思い出さなきゃ。

昨日の午後、学校が終わってから……。

変《へん》なことがあった、といえば……あれ、だよな。

運動公園に行こうと、おれは自転車に飛び乗った。そのとき、おれとそっくりな顔をした、自転車に乗ったやつが、急に現《あらわ》れた。

それで、正面衝突《しょうとつ》しそうになったんだ。

でも、ぶつからなくて……。

そうだ。変なことが起きはじめたのは、それからだ。おれは、あのとき、パラなんとかっていう、こっちの世界に来ちゃったのか?

その話をすると、ふたりは同時にさけんだ。

「それでしょ!」

「少なくとも、可能性《かのうせい》は高いよ！」

ということは、こっちの『ぼく』が、おれの世界に行っているってことか？

だとしたら、あっちの翔平《しょうへい》とまさとにさんざんかまわれて、きっと、とまどっているだろうな。

「もとにもどるには、どうすればいい？」

おれは、翔平とまさとを見た。

このふたりは、まちがいなく、おれより物知りだ。

「すぐには思いつかないけど、なにか……」

翔平が頭をひねったとき、まさとが、あっ、と声をあげた。

「よくある方法だけど、この現象が起きたときと同じ時間に、同じように自転車で出かけようとしてみたらどうかな。そこに、こっちの世界への入り口があったのかもしれない。ためしてみる価値《かち》はあると思うよ」

正解がなにかなんて、おれにはわからない。

でも、もとの世界にもどるためには、なんでもやってみるしかない。

こっちの世界も悪くはないけど、もどらなくちゃ。

ほんとうの父ちゃんと母ちゃんと姉ちゃんと、翔平とまさと、クラスのみんなに会いたいよ。あそこにもどりたい。

四　あつし

つぎの日。
学校へ行くと、担任《たんにん》の松森《まつもり》先生があわてて教室にかけこんできた。
「悪いな、みんな。一時間目は自習をしていてくれ。となりの二組の坂《さか》本《もと》先生にお願いしたから、ときどきのぞいてくださるそうだ。三時間目、四時間目は予定どおり、中央公園に写生に行けると思う。できるだけ早く帰ってくるからな」
あたふたと出ていった松森先生と入れかわりに、二組の坂本先生がやってきた。

「松森先生のお父さまが交通事故《じこ》にあわれて、救急車で病院に運ばれたそうなんだ。だから、みんな、静かに自習をして、いい子で待っているんだぞ」

そうなのか。松森先生、たいへんだな。

みんなは、それぞれに教科書を出して、自習を始めた。

ところが。

五分もしないうちに、あつしが立ち上がって歩きまわりはじめた。浩《こう》一《いち》と亮太《りょうた》がすぐにあとを追った。

おれの知っているあつしは、勉強だってちゃんとするやつだけど、このあつしは、どうもちがうようだ。

「オーケィ、オーケィ。やってるな」

みんなを監視《かんし》するように歩きまわっていたあつしが、翔平《しょうへい》の机《つくえ》の横で立ち止まった。

「おい、翔平。ちゃんと自習やってるか？」

「やってるよ」

翔平が小さな声で答えると、

「え？　なにをやってるって？　ボーッとしているように見えたんだけど。机の上に、なんにも出てないし」

あつしは、翔平をのぞきこんだ。

「あ！　ごめん。ちょっと考えごとをしてた。今からちゃんとやるよ」

「あーん？　今から？」

あつしの目がギラリと光った。

「みんながちゃーんと自習しないと、クラス委員長《いいんちょう》の久美《くみ》ちゃんがこまるんだからな」

「だから、やるから」

「え？　なんだって？　声が小さくて聞こえないんだけど」

あつしは、耳に手をあてて、聞こえない、というジェスチャーをしたかと思うと、その手を下ろして、翔平の胸《むな》ぐらをつかんだ。

「いつものことなのに、わかっていないようだな。このクラスは、久美ちゃんを中心にして、まとまっていなくてはいけない。自習っていったら、ちゃんと自習をするんだよ。ドゥーユーアンダスタン？」

胸ぐらをつかまれた翔平の顔は、みるみる赤くなっていった。

クラスのみんなは、また、見て見ぬふりをしているようだ。

浩一《こういち》と亮太《りょうた》は、あつしにピタリとくっついて、ようすをうかがっている。

「おい、あつし！」

おれが立ち上がったのと同時だった。

だれかが立ち上がる音がした。

「あのぉ、静かにしてください。あつしくん、よくわかったから。もう、席にもどって」

小さな声でそういったのは、クラス委員長《いいんちょう》の久美《くみ》だった。

「なーんでだよ」

あつしは、不満《ふまん》そうにほおをふくらませた。

浩一と亮太が、翔平《しょうへい》の胸《むな》ぐらをつかんでいたあつしの手を、そっとほどきながら、

「あつしくん、そろそろぼくたちも席について、自習しようか」

と、あつしの背中《せなか》を押《お》そうとすると、ふくれて

いたあつしの顔が、ゆがんだ。

「だって、久美ちゃん。みんなが自習をしていないと、こまるだろ。確認《かくにん》してまわっていたんだよ。久美ちゃんの手伝いをしたかっただけなんだよ」

え！

は？

あ、なんだ……あつし。

いちゃもんつけてたんじゃないのか。

クラス委員長《いいんちょう》の、久美《くみ》の手伝いをしているつもりだったの？

「あつしくんは、久美さんのことが大好きなんだよ。だから、手伝いたいんだ。でも、注意するときに、うっかり手が出てしまうこともあるから、みんな気をつけているし、体の大きな浩一《こういち》くんと亮太《りょうた》くんが、いざというときは、止めに入ってくれるんだ」

まさとが、小さな声で教えてくれた。

「でも、あつしくんは大きいから、迫力《はくりょく》ありすぎなんだよね。わかっていても、ぼくなんか、いつも緊張《きんちょう》しちゃうんだよ」

翔平《しょうへい》が、にが笑《わら》いをした。

「あつしくん、ありがとう。わかってるよ」

久美にやさしくそういわれて、浩一と亮太に背中《せなか》を押《お》されながら、すなおに自分の席にもどっていくあつしは、飼い主におこられた子犬みたいだった。
なんだ。このあつしは、かわいいやつなんじゃないか。
そうだったのか。
このクラスはこのクラスで、けっこうバランスの取れた、いいクラスだったんだな。
おれ、かんちがいしてた。

二時間目が始まるころ、松森《まつもり》先生は病院から帰ってきた。先生のお父さんのケガは、たいしたことはなくて、入院もしなくてよかったそうだ。
予定どおり、三時間目、四時間目は、近くにある中央公園に写生に出かけることになった。

「ああ、すっかり秋になったなあ。じつにさわやかだ。いい絵がかけそうだぞ。よーし、先生もがんばってかくかー」

中央公園に着き、松森《まつもり》先生がうれしそうにいったのを合図に、四年三組の全員が、絵をかく場所をさがして動きはじめた。

おれも、翔平《しょうへい》とまさとと、写生ポイントを見つけるため歩きまわった。

いつの間にか、三人で行動するのが自然になっている。

やっぱり、おれたちのきずなは強いらしい。

場所を決め、おれたちもかきはじめた。

一時間ほどたったころ、

「下がき終わったから、ぼく、水をくんでくるよ。翔平くんと智《さとし》くんの分も、ついでにくんでくるから」

まさとがいうので、おれと翔平は筆洗いバケツを渡《わた》した。

「ありがとう。たのむよ」

そういうと、

「まかせといて」

まさとは、ダッとかけ出した。

「まさとくん、前よりてきぱきしてきたような気がするな」

翔平が、見送りながら笑《わら》った。

おれもそんな気がする。

でも、翔平だってそうだ。

会ったばかりのころのふたりは、かりてきた猫《ねこ》みたいに、おとなしかったもんな。

水をくみにいったまさとは、なかなかもどってこなかった。

「ちょっと遅《おそ》くないかな。水道って、あの木のむこうだよね。まさとくん、ひとりで持ってくるのがたいへんなのかもしれないから、ぼく、むかえにいってくるよ」

翔平《しょうへい》が立ち上がろうとした。

「いや、おれが行ってくるよ。もう、かき終わったから。翔平、おまえ、ここでおれたちの絵と道具を見ててくれ」

「あ、じゃあ、お願いしていいかな」

「よっしゃー」
おれはかけ出した。
水道のある場所は、すぐに見えてきた。
まさとの姿《すがた》も見えた。
声をかけようとして、やめた。ようすが変《へん》だ。
まさとは、ハデなシャツを着た男ふたりに前後をはさまれていた。
ん？　あれはおとなじゃないな。学校をサボった中学生みたいだ。
まさとは、こまったような、おびえたような顔をして、動けないでいる。
松森《まつもり》先生は、さっき、公園の反対側を見てくる、といっていた。
こまったな。どうしよう。
そこに、クラス委員長《いいんちょう》の久美《くみ》が通りかかった。水をくみにきたらしい。

最高のタイミングだ。

「まさとが中学生にからまれているかもしれない。松森《まつもり》先生を呼《よ》んできてくれ」

おれは、小さな声で久美《くみ》にそういうと、まさとのそばに走った。

「どうした？　遅《おそ》いじゃん」

「あ、智《さとし》くん！」

まさとの目が、助けて、といっていた。

おれは、グッとまさとの手をにぎった。

「早く来いよ。待ってるんだから」

おれは、そばにいる男たちには気づかないふりをしていた。

「おい、待て！　チビすけ」

男のひとりが、おれの前に立ちふさがった。

おれはチビすけじゃない。

カチンときたが、ここはがまんだ。

「こいつは、おれたちに水をかけたんだよ」

もうひとりの男も、おれに近づいてきた。

「あやまってもらわないとな」

まさとは、ふるえながら、

「すみません。ごめんなさい」

と、何度も小さな声であやまった。

「おれもあやまります。すみませんでした」

おれは、ていねいに頭を下げた。

「ことばだけであやまってもらってもな。このシャツ、クリーニングに出すからさ。クリーニング代、はらってくれよ」

ふたりの男が、おれたちにつめよってきたときだった。

「なんだ。おまえたち。なーにしてるんだ。絵は、もうかきあげたのか？時間がないぞ。だれかにじゃまでも、されてんのかー」

大音量で、あたり一面にひびきわたってきたのは、あつしの声だった。

おれたちは、きょろきょろとあたりを見まわした。
いた！
水道の後ろには、小さい子たちが登って遊べる小高い丘がふたつある。そのひとつの丘のてっぺんに、あつしが腕組《うでぐ》みをして立っていた。そして、あつしの両どなりには、いつもどおり浩一《こういち》と亮太《りょうた》。
ずらりとならんだ、大きな三人を見た男たちは、顔色を変《か》えた。

「まあ、いいか。今回はゆるしてやるよ」

「恩《おん》にきろよ」

と、せいいっぱいみえをはり、逃《に》げるようにその場から立ちさった。

「久美《くみ》ちゃんから聞いて、助けにきたぞ。メーアイヘルピュー？」

丘からかけ下りてきたあつしが、ニッと笑《わら》った。

「あつし！　おまえ、いいやつだな！」

おれは、ちょっと感動していた。

「久美ちゃんと、クラスのためさ」

あつしは、ちょっと赤くなった。

そこへ、松森《まつもり》先生が走ってきた。

「おーい、大丈夫《だいじょうぶ》かー？」

「大丈夫です！」

おれたちは、声をそろえて答えた。

「そうか、そうか。いやいや。今日はいろいろあったなあ。だけど、見てごらん。絵にかいたような、いい天気じゃないか」

そう。とても、いい天気だ。

まっ青な高い空に、白いうろこ雲。

空気がキリッと澄《す》んでいる。

まさに秋だ。

ふいてくる風が、すずしくて気もちいい。

そして、みんなの顔が笑《わら》ってる。

こんな日は、いやな日にはなりっこない。

おれは、このクラスが好きになっていた。

あつしも、全然いやなやつじゃない。

ちょっと、おっちょこちょいではあるけど、いざというときには、友だち思いで、たよりになるやつだ。

久美《くみ》を好きだってことを、あんなに正直に、みんなに見せてるって、なんかな……。

かわいすぎるよ。

放課後、翔平《しょうへい》と、まさとと、おれは、教室の窓《まど》から、校庭をぼんやりながめながら話していた。あつしたちは、今日はもう帰ったらしい。

「智《さとし》くん、帰りたい？」
まさとが聞いてきた。
「うん。帰らなきゃいけないと思う。この世界は、もうひとりの『ぼく』の世界だから」
おれは、ちょっぴり、しんみりした。

「智《さとし》くんの世界で、こっちの智くんは、どうしてるだろうね」

翔平《しょうへい》がいった。

「あっちの翔平とまさとにかまわれて、たいへんなんじゃないかな。おれたち三人は、親友なんだ」

ふたりを思い出して、なつかしくなった。

あいつら、元気かな。

「ぼくたちも、今は親友だろ」

まさとが、口をとがらせた。

「おっ、親友といってくれんの？　最初は、クラスメートでしょ、ってふたりとも冷たかったのに」

おれが笑《わら》うと、

「きっと、どこの世界でも、ぼくたちは親友になるんだよ」

翔平が、まじめな顔でいった。

「ある日、急に、おれじゃない智になっているかもしれないけど、なかよくしてくれよ」

おれは、ふたりにいった。

「なかよくなれるよ。今まで、あまり話さなかったから、よく知らなかっただけだもの。きみの世界のことも、いっぱい聞くよ」

まさとがいうと、

「ぼくたちの運命は、きっと、むすばれているんだよ」

翔平が、またまた、まじめな顔でいった。

五　ただいま

つぎの日。

学校から帰ったおれは、時計とにらめっこしながら動いた。

「同じ時間に、同じように自転車で出かけようとしてみたらどうかな」

って、まさとはいっていた。

それを、やってみようと思っている。

うまくいくかは、わからない。

あっちに行った『ぼく』は、どんな生活をしているんだろう。

タイミングがむずかしいけど、同じ時間、同じ場所にいれば、きっと

会えるんだろう、と思う。

やるしかない。

なんでも、ためしてみないことには、始まらないんだ。

「おやつに、シフォンケーキを焼いておいたわよ」

母ちゃんが、やさしい声でいった。

この前、はじめて食べた、母ちゃんのシフォンケーキ、フワフワなのにしっとりして、とろけたんだよな。生クリームもそえてあって、二倍楽しめた。

うん、やっぱ、今日もフワフワしっとり。

うまい時間は、最高だ。

お、そろそろ時間だ。

「いってきます！」

あのときと同じように、サッカーボールを持つと、自転車に飛び乗った。

翔平《しょうへい》とまさともつきあってくれて、運動公園で待っていてくれている。

あと五分で行ける。

もし、おれが行かなかったら、もとの世界にもどったんだと思ってくれ、といってある。

おれは、緊張《きんちょう》しながら、自転車のペダルを勢いよくふんだ。

そのとき！

現《あらわ》れた！

一台の自転車が、目の前に現れた。

でも今度は、その男の子は後ろ向きだった。
出かけようとしているんだ!
その後ろ姿《すがた》に、おれはつっこんだ。
「わわっ!」
おれは、あのときと同じように声をあげた。
自転車に乗っていたその男の子も、
ふり返り、同じように口を
開けて、声をあげたように
見えた。
もうひとりの
『ぼく』だった。

つぎの瞬間《しゅんかん》。
おれはひとりで自転車にまたがったまま、つっ立っていた。

いそいで運動公園に向かった。
翔平《しょうへい》とまさとは、いるだろうか。
ドキドキしながら自転車をこいだ。
いた！
翔平とまさとが、いた。
どっちだ。
どっちの世界の翔平とまさとだ。
おれは、少し、ふるえていたかもしれない。

「おっせーぞ」

翔平が、大声でもんくをいった。

「水曜と木曜の二日間は、時間どおりに来ていたのになー。二日ぼうずかよ」

まさとも、口をとがらせた。

おれの世界の、翔平とまさとだ！

おれ……もどってきたんだ。

ふかくにも、泣いてしまった。

「なに泣いてんだよ。おまえ、このごろお年ごろか？」

翔平が、おれをこづいた。

「なんだよ、お年ごろって」

なみだをゴシゴシこすりながら、てれかくしで、こづき返した。

「お、今日はやり返すじゃん」

まさとが、うれしそうな声になった。

「サトシは、こうでなくっちゃ。おれたち、心配したんだぞ。サトシがおとなしくなっちゃったから」

そういうと、翔平《しょうへい》が、はがいじめをしてきた。

なんだよー、こいつら。

前と同じだ。

お調子者の翔平とまさとだ。

とてもうれしかったのに、なぜかまた、なみだが出てきた。

「うれしいよぉー。おまえたちに会えて、おれ、ほんとに、うれしいよぉー」

おれは、ボロボロなみだを流しながら、大声でさけんだ。

「おれもうれしいよー。サトシがもとどおりになって、ほんとに、うれしいよー」

まさとも、おれに負けないようにムキになって大声を出した。

すると翔平は、

「おれもウレヒイヨー。みんなが元気で、ほんとに、ウレヒイヨー」

と、ヨーデルみたいな裏声《うらごえ》をはりあげた。

みんなが元気でウレヒイヨーって、プッ、なんだよ。

お調子者、三人組。

復活だ！

「ただいまー」

おれは、ドキドキしながら、ドアを開けた。

「あら、おかえり」

母ちゃんが、いつもどおり、リビングの自分の仕事スペースでパソコンに向かっていた。

髪《かみ》の毛を後ろでギュッとひとつにしばって、パンツスタイルだ。

「もうすぐ、ごはんにするからね」

「今日のごはん、なに？」

おれが聞くと、母ちゃんは、おっ、という顔をした。

「ひさびさにいったね。今日のごはんなに、って。よーし、今夜はサトシの好きなハンバーグにしようかな」

「とうふ入り？」

「今日は、ふんぱつして、牛肉百パーセントにしようか」

「ヘルシーなのもいいけど、牛肉百パーは、やっぱいいよねー」

おれの返事に、母ちゃんが笑《わら》った。

「食いしんぼ、復活したね」

「うん！」

ただいま。母ちゃん。

おれ、帰ってきたんだよ。


自分の部屋に入ると、シンジがいた。かべ一面に、シンジのポスターだ。

机《つくえ》の上に、教科書が出してあった。大岡智《おおおかさとし》と書いてある。乱暴に書いたおれの字だ。おれが名前を書いた、おれの教科書。

あっちの世界の『ぼく』は、この部屋でなにを考えていたんだろう。

ちょっと話してみたかったたな。

あ、でも、自分か。

きっと、ふたりいっしょには、いられないんだろう。

そういえば、あっちの世界の部屋でも、教科書が机の上においてあった。

あっちの世界の『ぼく』は、家でもちゃんと勉強するんだ。こっちに来ても、やっていたんだな。

すごいな『ぼく』。

がんばっていたんだ。

こっちの翔平《しょうへい》とまさとが、おれを待っていたってことは、『ぼく』は、あっちの翔平とまさとが待っている運動公園に行ったんだ。

今ごろ、あっちの翔平とまさとから、質問《しつもん》ぜめにあっているにちがいない。

あのふたりもいいやつらだったから『ぼく』とも、きっと親友になれるだろう。

それに、三人とも、本が好きみたいだから、話があうだろうな。

おれ、今までの人生で、本なんかほとんど読んだことなかったけど、
これから、少しは読んでみようかな、と思ってるんだ。

本を読むたびに、あっちの翔平《しょうへい》とまさと、そして、もうひとりの『ぼく』のことを思い出すんじゃないか、と思ってさ。

忘《わす》れたくないんだ、あいつらを――。

作　**相川郁恵**（あいかわ・いくえ）

熊本県出身。山梨県甲府市在住。山梨県の同人誌「こぶんたん」に所属、「季節風」会員。日本児童文学者協会会員。2018年、第34回福島正実記念SF童話賞を受賞、デビュー作となる。

絵　**佐藤真紀子**（さとう・まきこ）

東京都生まれ。挿画や装画を担当した作品に『バッテリー』シリーズ（教育画劇、KADOKAWA）、『ぼくらは鉄道に乗って』（小峰書店）、『クリオネのしっぽ』『はっけよい！雷電』『ぼくたちのリアル』（以上、講談社）、『先生、しゅくだいわすれました』（童心社）など多数。

おはなしガーデン53

おれからもうひとりのぼくへ

二〇一八年 八月三十一日 第一刷発行

作者 相川郁恵
画家 佐藤真紀子
発行者 岩崎弘明　編集 大塚奈緒
発行所 株式会社岩崎書店
〒一一二―〇〇〇五
東京都文京区水道一―九―二
電話 〇三―三八一二―九一三一（営業）
〇三―三八一三―五五二六（編集）
振替 〇〇一七〇―五―九六八二二
印刷 株式会社光陽メディア
製本 株式会社若林製本工場

NDC913　ISBN978-4-265-07263-7

Published by IWASAKI Publishing Co.Ltd.
Printed in Japan

ご感想ご意見をお寄せ下さい。
Email: info@iwasakishoten.co.jp
岩崎書店ホームページ　http://www.iwasakishoten.co.jp
乱丁本・落丁本はおとりかえいたします。